AF384152

METAPHISIQUE

D'AMOUR,

*PAR Madame la Marquise
de L✶✶*

A LA HAYE,

Chez Gausse & Neaulme.

M. DCC. XXIX.

AVIS

DU LIBRAIRE.

CE petit Ouvrage ayant
été imprimé l'année
derniere à Paris, avec privilege, la plûpart des exemplai-
res en furent presque aussitôt
supprimez par la modestie de
l'Auteur ; ce qui a obligé
mille personnes de le faire co-
pier. Nous avons cru rendre
service au Public de le réim-
primer, n'étant pas juste qu'un
morceau si précieux soit aban-

*ij   donné

donné à des copiſtes, dont la main ignorante & infidele altere preſque toujours les Ouvrages.

Cette Edition ne reſſemble pas tout-à-fait à celle de Paris, qui a été faite ſur une mauvaiſe copie, & qui a été intitulée *Reflexions ſur les Femmes*, ce qui n'eſt pas le vrai titre de l'Ouvrage. Mais nous nous ſommes ſervis d'un Manuſcrit autentique, qui a été communiqué miſterieuſement par un des meilleurs amis de Madame la Marquiſe de L✶✶, & qui nous a été envoyé. Lorſqu'un Auteur laiſſe

faire

faire des copies de son Ouvrage, & que ces copies se multiplient à un certain point, il est dès lors dévolu aux Imprimeurs, qui ne font que des copistes commodes; & il leur est permis de les livrer au Public. Madame la Marquise de L✳✳ ne doit donc pas être plus blessée de cette Edition, que de l'Edition de ses autres Ouvrages, faite à son insçû. La morale qui regne dans celui-ci, est aussi pure, qu'elle est délicate & flateuse. Plût au Ciel que bien des femmes la pratiquassent, il y auroit plus de vertu & de sagesse dans le monde

monde, & le commerce des
deux fexes feroit moins vi-
cieux.

METAPHISIQUE

METAPHISIQUE

D'AMOUR.

IL a paru depuis quelque tems des Romans faits par des Dames, dont les Ouvrages font auffi aimables quelles ; l'on ne peut mieux les louer. Quelques perfonnes ; au lieu d'en examiner les graces, ont cherché à y jetter du ridicule : il eft devenu fi redoutable ce ridicule , qu'on le craint plus que le deshonorant. Il a tout déplacé, & il met où il lui plaît, la honte & la gloire. Le laifferons-nous le maître & l'arbitre de notre réputation

réputation ? Je demande ce qu'il
eſt : on ne l'a point encore défini ;
il eſt purement arbitraire , & dépend plus de la diſpoſition qui eſt
en nous , que de celle des objets ;
il varie & releve, comme les mo-
des , du ſeul caprice. Il a pris le
ſavoir en averſion ; à peine le
pardonne-t'il à un petit nombre
d'hommes ſuperieures en eſprit :
mais pour ce qui eſt des perſonnes
du grand monde, s'ils oſent ſavoir,
on les apelle pédans. La pédante-
rie cependant eſt un vice de l'eſprit , & le ſavoir en eſt l'ornement.

Si l'on paſſe aux hommes l'amour
des lettres , on ne le pardonne pas
aux femmes. On dira que je prends
un ton bien ſerieux pour défendre
les enfans de la Reine de Lidye :
mais qui ne ſeroit bleſſé de voir
attaquer des femmes aimables , qui
s'occupent innocemment , quand

elles

elles pourroient employer leur
tems fuivant l'ufage d'à prefent : Je
vais effayer de les défendre ; j'atta-
querai les mœurs du tems qui font
l'ouvrage des hommes. La honte
n'eft plus pour les vices ; elle fe
garde pour ce qui s'appelle le ridicule : fon pouvoir s'étend plus loin
que l'on ne penfe ; il eft dangereux
de le répandre fur ce qui eft bon ;
l'imagination une fois frapée, ne
voit plus que lui.

Un Auteur Efpagnol difoit que
le Livre de Dom-Quixotte avoit
perdu la Monarchie d'Efpagne ;
que le ridicule qu'il avoit répandu
fur la valeur, que cettenation avoit
à un degré fi éminent, en avoit
amolli & énervé le courage.

Moliere en France, a fait le même défordre par la comedie des
femmes favantes ; & depuis ce
tems-là on a attaché prefqu'autant
de

de honte au savoir des femmes ;
qu'aux vices qui leur sont le plus
défendus. Lorsqu'elles se sont vûes
attaquées sur des amusemens inno-
cens, elles ont compris que honte
pour honte, il falloit choisir celle
qui leur rendoit davantage, & elles
se sont livrées aux plaisirs.

Le desordre s'est accrû par l'exemple, & a été autorisé par les femmes élevées en dignité : La licence
& l'impunité sont les privileges de
la grandeur ; Alexandre nous l'a
appris : On vint un jour lui dire que
sa sœur aimoit un jeune homme ;
que leur intrigue étoit publique, &
qu'elle se respectoit peu : Il faut
bien, dit-il, lui laisser sa part de la
Royauté, qui est la liberté & l'impunité.

La societé a t'elle gagné dans cet
échange du goût des femmes ? Elles
ont mis la débauche à la place du
savoir.

favoir. Le précieux qu'on leur a
tant reproché, elles l'ont changé
en indécence ; par là elles fe font
dégrader, elles font déchûes de
leur dignité : car il n'y a que la vertu, qui leur conferve leur place, &
les bienféances, qui les maintien-
nent dans leurs droits. Elles ont
fenti que les hommes ne les honoroient plus comme autrefois : car
la pudeur a des droits naturels fur
le refpect des hommes, pour leur
plaire; elles ont pris tous leurs goûts:
mais elles fe méprennent ; plus elles
ont voulu leur reffembler, & plus
elles fe font avilies. Les hommes
par la force plûtôt que par le droit,
ont ufurpé l'autorité fur les femmes. Elles ne rentrent dans leur
domination, que par la beauté &
par la vertu. Si elles peuvent joindre les deux, leur empire fera plus
abfolu. Mais le regne de la beauté
eft

est peu durable ; on l'apelle une
courte tirannie : Elle leur donne le
pouvoir de faire des malheureux,
mais il ne faut pas qu'elles en abu-
sent. Le regne de la vertu est
pour toute la vie. C'est le caracteres des choses estimables de redou-
bler de prix par leur durée , & de
plaire par le dégré de perfection
qu'elles ont, quand elles ne plai-
sent plus par le charme de la nou-
vauté. Il faut penser qu'il y a peu
de tems à être belle , & beaucoup
à ne l'être plus, que quand les graces abandonnent les femmes , elles
ne se soutiennent plus que par les
parties essentielles, & par les qualitez estimables. Il ne faut pas qu'elles esperent allier une jeunesse vo-
luptueuse, & une viellesse honora-
ble ; quand une fois la pudeur est
immolée , elle ne revient pas plus
que les belles années. C'est elle qui

sert leur veritable interest ; elle aug-
mente leur beauté, elle en est la
fleur; elle sert d'excuse à la laideur:
Elle est le charme des yeux, l'attrait
des cœurs, la caution des vertus,
l'union & la paix des familles : Mais
si elle est une sûreté pour les mœurs,
elle est aussi le charme des plaisirs ;
sans elle l'amour seroit sans gloire ;
c'est sur elle que se prennent les plus
flateuses conquêtes : Elle met le
prix aux faveurs ; & la pudeur est si
nécessaire aux plaisirs, qu'il faut en
conserver dans les tems même des-
tinés à la perdre. Elle est aussi une
coquetterie rafinée, une espece
d'enchere que les belles personnes
mettent à leurs appas, & une maniere délicate d'augmenter leurs
charmes, en les cachant : ce qu'elles
dérobent aux yeux, leur est rendu
par la liberalité de l'imagination.

Plutarque dit, qu'il y avoit un
Temple

Temple dedié à Venus la voilée. On ne fauroit, dit-il, entourer cette Déeffe de trop d'ombres, d'obfcurités & de mifteres: mais à prefent l'indécence eft au point de ne vouloir plus de voile à fes foibleffes.

Les femmes pourroient nous dire (car il faut un peu penfer à leur défenfe) quelle eft la tirannie des hommes ? Ils veulent que nous ne faifions aucun ufage de notre efprit, ni de nos fentimens. Ne doit-il pas leur fuffire de regler tous les mouvemens de notre cœur, fans fe faifir encore de notre intelligence ? Et ils veulent que la pudeur foit auffi bleffée, quand nous occupons notre efprit, que quand nous livrons notre cœur : C'eft étendre trop loin leurs droits.

Les hommes ont un grand intereft à rappeller les femmes à elles-

mêmes

mêmes, & à leurs premiers devoirs. Le divorce que nous faisons avec nous-mêmes est la source de tous nos égaremens. Quand nous ne tenons pas à nous par des goûts solides, nous tenons à tout. C'est dans la solitude ou la vérité donne ses leçons, où nous apprenons à rabattre du prix des choses que notre imagination fait nous surfaire. Quand nous savons nous occuper par de bonnes lectures, il se fait en nous insensiblement une nourriture solide, qui coule dans les mœurs.

Il y avoit autrefois des maisons, où il étoit permis de parler & de penser, & où les Muses étoient en société avec les graces. On y alloit prendre des leçons de politesse & de délicatesse : les plus grandes Princesses s'honoroient du commerce des gens d'esprit Feue Madame, qui avoit servi de modele

aux

aux graces, en avoit donné l'exemple; avec un visage riant, avec cet air de jeunesse, qui ne sembloit promettre que des jeux, elle cachoit un grand sens & un esprit serieux: Quand on traitoit, ou qu'on disputoit avec elle, elle oublioit son rang, & ne se soutenoit que par sa raison: Enfin l'on ne croyoit avancer dans l'agrément, & dans la perfection qu'autant qu'on avoit sçû plaire à Madame. L'Hotel de Rambouillet, si honoré dans le siécle passé, est devenu le ridicule du nôtre; L'on sortoit de cette maison, comme des repas de Platon, dont il est dit qu'on se sentoit content, non que la santé en fut dérangée, mais l'ame s'en trouvoit nourrie & fortifiée. Les plaisirs de ces tems-là souvent ne coutoient rien aux mœurs, ni à la fortune; les dépenses de l'esprit n'ont jamais ruiné personne. Les

jours

jours couloient dans l'innocence &
dans la paix. Mais à préfent que ne
faut-il point pour l'emploi du tems,
pour l'amufement d'une journée?
quelle multitude de goûts fucce-
dent les uns aux autres, la table,
le jeu, les fpectacles ! Quand le luxe & l'argent font en credit, le veritable honneur perd le fien.

On ne cherche plus que ces mai-
fons, où regne un luxe honteux.
Ce maître de la maifon que vous
honorez, fongez, en l'abordant,
que fouvent c'eft l'injuftice, & le
larcin que vous faluez ; fa table,
dites-vous eft délicate, le goût regne chez-lui, tout eft poli, tout eft
orné, hors l'ame du maître. Il ou-
blie, dites-vous , ce qu'il eft ; hé
comment ne l'oublieroit-il pas ?
Vous l'oubliez vous-même : c'eft
vous qui tirez le rideau de l'oubli
& de la verité devant fes yeux.

B

Voilà

Voilà les inconveniens pour les deux fexes, où conduit l'éloignement des lettres & du favoir ; car les Mufes ont toujours été l'azile des mœurs.

Les femmes ne peuvent-elles pas auffi nous dire ? Quel droit avez-vous, de nous défendre le droit de toutes fortes de fciences ? Celles qui s'y font attachées, n'y ont-elles pas réuffi, & dans le fublime, & dans l'agréable ? Si les poefies de certaines Dames avoient le mérite de l'antiquité, & qu'elles fûffent entourrées de fes ombres, vous les regarderiez avec la même admiration que les Ouvrages des Anciens, à qui vous faites juftice aujourd'huy. Un Auteur très-refpectable donne au fexe tous les agrémens de l'imagination : ce qui eft de goût, eft, dit-il, de leur reffort, & elles font juges de la perfection

de

de la langue : L'avantage n'est pas médiocre.

Que ne doit-on pas aux agrémens de l'imagination ? C'est elle qui fait les Poetes & les Orateurs : rien ne plaît tant que ces imaginations vives, délicates, remplies d'idées riantes. Si vous joignez la force à l'agrément, elles dominent, elles forcent l'ame, & l'entraînent ; car nous cedons plus certainement à l'agrément qu'à la verité. L'imagination est la source & la gardienne de nos plaisirs : ce n'est qu'à elle qu'on doit l'agréable illusion des passions : Toujours d'intelligence avec le cœur, elle sait lui fournir toutes les erreurs dont il a besoin ; elle a droit aussi sur le tems ; elle fait rapeller les plaisirs passés, & nous faire jouir par avance de tous ceux que l'avenir promet : Elle nous donne de ces joyes serieuses,

qui ne font rire que l'efprit ; toute
l'ame eft en elle , & dès qu'elle fe
réfroidit , tous les charmes de la vie
difparoiffent.

Parmi les avantages qu'on donne aux femmes, on prétend qu'elles ont un goût fin pour juger des
chofes d'agrément. Beaucoup de
perfonnes ont défini le goût. Une
Dame d'une profonde érudition, a
prétendu, que c'eft une harmonie,
un accord de l'efprit & de la raifon,
& qu'on en a plus ou moins, felon
que cette harmonie eft plus ou
moins jufte. Un autre perfonne a
prétendu que le goût eft une union
du fentiment & de l'efprit, & que
l'un & l'autre d'intelligence , for-
ment leur jugement : Ce qui fait
croire que le goût tient plus au fentiment qu'à l'efprit, c'eft qu'on ne
peut rendre raifon de fes goûts ,
parce qu'on ne fait point pourquoi
                                    on

on fent ; mais on rend toujours raiſon de ſes opinions, & de ſes connoiſſances. Il n'y a aucun raport, aucune liaiſon neceſſaire entre les goûts ; ce n'eſt pas la même choſe entre les veritez : Je croi pouvoir amener toute perſonne intelligente à mon avis, & je ne ſuis jamais ſûr d'amener toute perſonne ſenſible à mon goût : Je n'ai point d'attrait pour l'attirer à moi ; rien ne ſe tient dans les goûts ; tout vient de la diſpoſition des organes, & du raport qui ſe trouve entre eux & les objets. Il y a cependant une juſteſſe de goût, comme il y a une juſteſſe de ſens ; la juſteſſe de goût juge de ce qui s'apelle agrément, ſentiment, bienſéance, délicateſſe, ou fleur d'eſprit : Elle fait ſentir dans chaque choſe, la meſure qu'il faut garder ; mais comme on n'en peut donner de regles aſſûrées, on ne peut convaincre

vaincre ceux qui y font des fautes ;
dès que leur sentiment ne les aver-
tit pas, vous ne pouvez les instruire.
De plus le goût a pour objet des
choses si délicates , si impercepti-
bles, qu'il échape aux regles ; c'est
la nature qui le donne ; il ne s'ac-
quiert pas.

Le goût est d'une grande étendue ; il met la finesse dans l'esprit ,
& vous fait apercevoir d'une maniere vive & prompte , sans qu'il
en coute à la raison, ce qu'il y a à
voir en chaque chose : C'est ce que
veut dire Montagne , quand il as-
sûre que les femmes ont un esprit
plainsautier. Le goût donne des sentimens délicats , & dans le commerce du monde, de la politesse ;
& cette politesse nous aprend à mé-
nager l'amour propre de ceux avec
qui nous vivons. Je croi que le goût
dépend de deux choses , d'un sentiment

ment très délicat dans le cœur, &
d'une grande justesse dans l'esprit.
Je ne croi pas que les hommes connoissent la grandeur du présent qu'ils
font aux femmes, quand ils leur
passent l'esprit de goût.

Ceux qui attaquent les femmes,
ont prétendu, que l'action de l'esprit, qui consiste à considerer un
objet, étoit moins parfaite dans les
femmes, parce que le sentiment,
qui les domine, les distrait, & les
entraîne. L'attention est nécessaire;
elle fait naître la lumiere, pour ainsi
dire, aproche les idées de l'esprit,
& les met à la portée. Mais chez les
femmes, souvent les idées s'offrent
d'elles-mêmes, & s'arrangent plûtôt
par sentiment, que par réflexion; la
nature raisonne pour elles, & leur
en épargne tous les frais. Je ne croi
donc pas que le sentiment nuise à
l'entendement; il fournit de nou-

veaux

veaux efprits qui illuminent, de maniere que les idées fe préfentent plus vives, plus nettes & plus dé-mélées.

Et pour preuve de ce que je dis, toutes les paffions font éloquentes; nous allons auffi fûrement à la veri-té, par la force & par la chaleur des fentimens, que par l'étendue, & la juftefle des raifonnemens, & nous arrivons fouvent par eux plus vîte au terme de la verité, que par les connoiffances. La perfuafion du cœur eft audeffus de celle de l'ef-prit, puifque fouvent notre con-duite en dépend. C'eft à notre ima-gination, & à notre cœur que la na-ture à remis la conduite de fes ac-tions & de fes mouvemens. La fen-fibilité eft une difpofition de l'ame, qu'il eft avantageux de trouver dans les autres : Vous ne pouvez avoir ni humanité, ni generofité, fans

fenfibilité

fenfibilité. Un feul fentiment, un feul mouvement du cœur a plus de crédit fur l'ame, que toutes les fentences des Philofophes ; la fenfibilité fecourt l'efprit, & fert la vertu.

On convient que les agrémens fe trouvent chez les perfonnes de ce caractere ; les graces vives & foudaines, dont parle Plutarque, ne font que pour elles. Une femme qui a été un modele d'agrémens, fert de preuve à ce que j'avance : On demandoit un jour à un homme d'efprit, de fes amis ce qu'elle faifoit, & ce qu'elle penfoit dans fa retraitte : Elle n'a jamais penfé, répondit-il ; elle ne fait que fentir. Tous ceux qui l'on connue, conviennent qu'elle étoit la plus féduifante perfonne du monde, que les goûts, ou plûtôt les paffions, fe rendoient maîtres de fon imagination,

imagination ; de maniere que ses goûts étoient toûjours juftifiez par fa raifon, & refpectez par fes amis : Aucun de ceux qui l'ont connue, n'ont ofé la condamner, qu'un, ceffant de la voir ; jamais elle n'avoit tort en préfence. Cela prouve que rien n'eft fi abfolu que la fuperiorité de l'efprit, qui vient de la fenfibilité,& de la force de l'imagination, parce que la perfûafion eft toûjours à fa fuite.

Les femmes ne doivent rien à l'art, & l'on ne trouve pas bon qu'elles ayent un efprit qui ne leur coute rien.

Mais nous gâtons toutes ces difpofitions que la nature leur a données ; nous commençons par négliger leur éducation ; nous n'occupons leur efprit de rien de folide ; nous les deftinons à plaire, & elle ne nous plaifent que par leurs graces,

ces, & par leurs vices. Il s'emble
qu'elles ne foient faites que pour
être un fpectacle agréable à nos
yeux. Elles ne fongent donc qu'à
cultiver leurs agrémens, & fe laif-
fent aifément entrainer au panchant
de la nature. Elles ne fe refufent
pas des goûts, qu'elles ne croient
pas avoir reçûs de la nature, pour
les combattre Mais ce qu'il y a de
fingulier, eft qu'en les formant
pour l'amour, nous leur en dé-
fendons l'ufage. Il faudroit prendre parti ; fi nous ne les deftinons
qu'à plaire, ne leur deffendons pas
l'ufage de leurs agrémens ; fi vous
les voulez raifonnables & fpiri-
tuelles, ne les abandonnez pas,
quand elle n'ont que cette forte de
mérite. Mais nous leur deman-
dons un mélange, & un menage-
ment de ces qualitez, qu'il eft dif-
ficile de reduire à cette mefure
jufte.

juſte. Nous leur voulons de l'eſprit, mais il faut le cacher, l'arrê-
ter, ne rien produire : Il ne peut
prendre l'eſſort, qu'il ne ſoit rapel-
lé par ce qu'on nomme bienſéance. La gloire qui eſt l'ame & le
ſoutien de toutes les productions
de l'eſprit, leur eſt refuſée ; on ôte
à leur eſprit tout objet, toute eſ-
perance ; on l'abaiſſe, & ſi j'oſe
me ſervir des termes de Platon,
on lui coupe les aîles : Il eſt bien
étonnant qu'il leur en reſte encore.

Les femmes ont pour elles une
grande autorité ; c'eſt ſaint-Evre-
mond ; quand il a voulu donner
un modele de perfection, il l'a
placé ſur les femmes, & non pas
ſur les hommes. Il en rend raiſon ;
J'ai cru, dit-il, *moins impoſſible de trou-*
ver dans les femmes la ſaine raiſon des
hommes, que dans les hommes les agré-
mens des femmes.

Je

Je demande aux hommes de la part de tout le sexe : Que voulez-vous de nous ? Vous souhaitez tous, de vous unir à des person-nes estimables, d'un esprit aima-ble, & d'un cœur droit ; permet-tez leur donc l'usage des choses qui perfectionnent la raison; ou bien ne voulez-vous que des graces qui favorissent les plaisirs ? Ne vous plaignez donc pas, si elles éten-dent l'usage de leurs charmes ? Mais pour donner aux choses le rang, & le prix qu'elles méritent, distinguez, les qualitez agréables & les estimables : les estimables font réelles, & leur font propres, & par les loix de la justice ont un droit naturel sur notre estime:Les qualitez agréables, qui ébranlent l'ame, & qui donnent de si douces impressions, ne font point réelles, ni propres à l'objet ; elles se doi-

vent

vent à la difpofition de nos organes, & à la liberalité de notre imagination ; cela eft fi vrai, qu'un
même objet ne fait pas les mêmes
impreffions fur tous les hommes,
& que fouvent nos fentimens
changent, fans qu'il y ait rien de
changé dans l'objet. Les qualitez
exterieures ne peuvent être aimables par elles mêmes; elles ne le font
que par les difpofitions qu'elles
trouvent en nous : L'amour ne fe
mérite pas, il échape aux plus
grandes qualitez ; feroit-il donc
poffible que le cœur ne pût dé-
pendre des Loix de la juftice, &
qu'il ne fût foûmis qu'à celles du
plaifir ? Quand les hommes vou-
dront, ils réuniront toutes ces qualitez, & ils trouveront des femmes auffi aimables que refpectables.
Ils prennent fur leur bonheur &
fur leurs plaifirs, quand ils les dé-
gradent ;

gradent ; mais de la maniere dont il les conduifent, les mœurs y ont infiniment perdu, & les plaifirs n'y ont pas gagné : Vous avez vû la perte des mœurs, vous allez voir la perte des plaifirs.

Tout le monde convient qu'il eſt néceſſaire que les femmes ſe faſſent eſtimer, mais n'avons nous befoin que d'eſtime, & ne nous manquera t'il plus rien ? Notre raiſon nous dira que cela doit ſuffire, mais nous abandonnons aiſément les droits de la raiſon, pour ceux du cœur. Il faut prendre la nature comme elle eſt : Les qualitez eſti-mables, ne plaiſent qu'autant qu'el-les peuvent nous devenir utiles ; mais les aimables, nous font auſſi néceſſaires, pour occuper notre cœur ; car nous avons autant be-foin d'aimer que d'eſtimer ; on ſe laſſe même d'admirer, ſi ce qu'on admire

admire n'est auſſi fait pour plaire?
Ce n'eſt pas même aſſés que ce ſexe
nous plaiſe, il ſemble qu'il ſoit
obligé de nous toucher ; le mérite
n'eſt pas brouillé avec les graces ; lui
ſeul a droit de les fixer ; ſans lui elles ſont legeres & fugitives. De plus
la vertu n'a jamais enlaidi perſonne ;
& cela eſt ſi vrai, que la beauté ſans
merite & ſans eſprit, eſt inſipide,
& que le mérite fait pardonner la
laideur.

Je ne mets pas l'aimable ſentiment dans les qualitez exterieures,
je l'étend plus loin. Les Eſpagnols
diſent, que la beauté eſt comme
les odeurs, dont l'empire eſt de
peu de durée, aprés quoi on s'y
accoutume, & on ne les ſent plus :
Mais des mœurs pures, un eſprit
juſte & fin, un cœur droit & ſenſible, ce ſont des beautez renaiſſan-
tes, & toûjours nouvelles. A pré-

ſent

fent nos plaifirs font moins délicats,
parce que nos mœurs font moins
pures; examinons à qui on doit s'en
prendre.

On attaque depuis long-tems la
conduite des femmes ; on prétend
qu'elles n'ont jamais été fi dére-
glées qu'à préfent, qu'elles ont banni la pureté de leur cœur, & les
bienféances de leur conduite : Je
croi qu'on a quelque raifon ; je
pourrois pourtant dire, qu'il y a
long-tems qu'on fe plaint des mêmes chofes, qu'un fiécle peut être
juftifié par un autre ; & pour fauver le préfent, je n'ai qu'à vous ren-
voyer au paffé. Les mœurs fe ref-
femblent dans tous les tems, mais
elles fe montrent fous des formes
differentes. Comme l'ufage n'a de
droit que fur les chofes exterieures,
& qu'il ne s'étend point fur les fentimens, il ne redreffe pas la nature ;

C ij

il n'ôte pas les besoins du cœur, &
les passions sont toujours les mêmes. Les hommes se font-ils acquis
par leurs mœurs le droit d'attaquer
celles des femmes ? En verité les
deux sexes n'ont rien à se reprocher;
ils contribuent également à la cor-
ruption de leur siécle. Il faut pourtant convenir que les manieres ont
changé ; la galanterie est banie, &
personne n'y a gagné : Les hommes
se sont séparez des femmes, & ont
perdu la politesse , la douceur, &
cette fine delicatesse , qui ne s'ac-
quiert que dans leur commerce.
Les femmes aussi, ayant moins de
commerce avec les hommes, ont
perdu l'envie de plaire par des manieres douces & modestes, & c'étoit
pourtant la veritable source de leurs
agrémens. Quoi que la nation Fran-
çoise soit déchûe de l'ancienne galanterie, il faut pourtant convenir
qu'aucune

qu'aucune autre nation ne l'y avoit
ni plus pouſſée , ni plus épurée.
Les hommes s'étoient fait un art de
plaire , & ceux qui s'y ſont exercez ,
& qui y ont acquis une grande habitude , ont des regles certaines ,
quand ils ſavent s'adreſſer à des caracteres foibles : Les femmes ſe ſont
auſſi données des régles pour réſiſ-
ter. Comme elles jouiſſent d'une
grande liberté en France , & qu'elles ne ſont gardées que par leur pudeur & leurs bienſéances , elles ont
ſçû opoſer leur devoir aux impreſ-
ſions de l'amour. C'eſt des déſirs &
des deſſeins des hommes , de la pudeur & de la retenue des femmes ,
dont ſe forme le commerce délicat,
qui polit l'eſprit & qui épure le
cœur ; car l'amour perfectionne les
ames bien nées ; il faut donc convenir, qu'il n'y a que la nation Fran-
çoiſe, qui ſe ſoit fait un art délicat

de l'amour. Lés Efpagnols & les
Italiens l'ont ignoré : Comme les
femmes y font prefque enfermées ,
les hommes ne mettent leur aplica-
tion qu'à vaincre les obftacles exterieurs ; & quand ils les ont furmon-
tez , ils n'en trouvent plus dans la
perfonne aimée. Mais l'amour qui
s'offre , n'eft gueres piquant ; il fem-
ble que ce foit l'ouvrage de la nature , & nón pas celui de l'amant. En
France l'on fait faire un meilleur
ufage du tems. Comme le cœur eft
de la partie , & que fouvent même
chez les honnêtes perfonnes on n'a
de commerce qu'avec lui , il eft re-
gardé comme la fource de tous les
plaifirs. C'eft auffi aux fentimens à
qui nous devons tous nós Romans,
fi pleins d'efprits , & fi épurez , &
qui font ignorez des nations dont
je parle. Un Efpagnol , en lifant
les converfations de Clelie , difoit ,
voilà

voilà bien de l'esprit mal employé,
dès qu'on ne sait faire qu'un usage
de l'amour, le Roman est court.
En retranchant sur la galanterie,
vous prenez sur la délicatesse de l'esprit & des sentimens. Les Espagnol-
les sont vives & emportées ; elles
sont à l'usage des sens & ne sont
point à celui du cœur. C'est dans la
résistance que les sentimens se for-
tifient, & acquérent de nouveaux
dégrez de délicatesse; la passion s'é-
teint dès qu'elles est satisfaite, & l'a-
mour sans crainte & sans désirs, est
sans ame.

L'amour est le premier plaisir ;
la plus douce & la plus flatteuse de
toutes les illusions ; puisque ce sentiment est si nécessaire au bonheur
des hommes, il ne le faut pas ban-
nir de la société ; il faut seulement
aprendre à le perfectionner. Il y a
tant d'écoles établies pour cultiver
l'esprit

l'efprit ; pourquoi n'en avoir pas ,
pour cultiver le cœur : C'eft un art
qui à été très-négligé ; les paffions
font des cordes , qui ont befoin de
la main d'un grand maître , pour
être touchées. Echape-t-on , à qui
fait remuer les refforts interieures de
l'ame , par ce qu'il y a de plus vif &
de plus fort ? L'amour n'étoit pas
décrié chez les Anciens , comme il
eft à préfent , pourquoi l'aviliffons-
nous ? Que ne lui laiffons-nous toute fa dignité ? Platon a un grand refpect pour ce fentiment ; quand il
en parle , fon imagination s'échauf-
fe, fon efprit s'illumine , & fon ftile
s'embellit;quand il parle d'un homme touché , cet amant , dit-il , dont
la perfonne eft facrée ; il apelle les
amans , des amis divins & infpirez
par les Dieux. Mais les Anciens ne
croyoient pas,que le plaifir dût être
le premier objet de l'amour ; ils
étoient

étoient perfuadez que la vertu en devoit être le foutien. Nous en avons banni les mœurs & la probité, & c'eft la fource de tous les malheurs.

La plûpart des hommes d'à prefent croyent que les fermens que l'amour a dictés, n'obligent à rien ; ne faut-il pas que la parole, & la reconnoiffance deffendent les fens contre les amorces de la nouveauté? Mais la plûpart aiment par caprice, & changent par tempéramment ; ce que l'amour fait fouffrir, fouvent n'apprend pas à s'en paffer ; il n'apprend qu'à le déplorer. Voyons ce que nous en pouvons faire ; examinons la conduite des femmes dans l'amour, & leurs différens caracteres.

Il en eft de bien des fortes : Il y a des femmes, qui ne cherchent, & qui ne veulent que les plaifirs de l'amour; d'autres, qui joignent l'amour & les plaifirs; & quelques-unes qui ne reçoivent que l'amour, & qui rejettent les plaifirs: Je pafferai legerement fur le premier caractere: Celles-là ne cherchent dans l'amour que le plaifir des fens, que celui d'être fortement occupées & entraînées, & que celui d'être aimées; enfin elles aiment l'amour, & non pas l'amant. Ces perfonnes fe livrent à toutes les paffions ardentes; vous les voyez occupées du jeu, de la table; tout ce qui porte la livrée du plaifir, eft bien reçû. J'ai toujours été étonnée qu'on pût affocier d'autres paffions à l'amour, qu'il laiffât du vuide dans le cœur, & qu'après avoir tout donné, on ne fût pas uniquement occupé de ce qu'on aime. Ordinairement les perfonnes de ce caractere perdent toutes les vertus, en perdant l'innocence,

cence, & quand leur gloire est une fois immolée, elles ne ménagent plus rien. On faisoit des reproches à M**** qui violoit toutes les loix de la bienséance : Je veux jouir, disoit-elle, de la perte de ma réputation. Celles qui suivent de pareilles maximes, rejettent les vertus de leur sexe : elle les regardent comme usage de politique, auquel elles veulent échaper ; elles croient qu'il suffit de donner quelques dehors, pour satisfaire à leur imagination, & dérober leurs foiblesses. Mais il est dangereux de croire que ce qui est ignoré, soit innocent : elles rejettent les principes pour échaper aux remords, & appellent du décret de tous les hommes : Elles passent leur vie de foiblesse en foiblesse, & ne sentent jamais. Dès qu'une femme a banni de son cœur cet honneur tendre & délicat, qui doit

être

être la regle de sa vie, tremblez
pour ses autres vertus : Quel privilege auront-elles pour être respec-
tées ? Leur doit-on plus qu'elles ne
doivent à leur propre honneur ?
Ces caracteres-là ne font jamais des
personnes aimables : Vous ne trouvez en elle ni pudeur ni délicatesse. Elles se font une habitude de
galanterie, qui ôte tout ce lustre,
& cette fleur d'innocence, qu'il est
si doux d'arracher ; Elles ne savent
point joindre la qualité d'amante
à celle d'amie ; comme elles ne
cherchent que les plaisirs & non pas
l'union des cœurs, elles échapent
à tous les devoirs de l'amitié. Enfin
tout se plaint, elles manquent à l'a-
mour, & sont infidelles à la gloire.
Voilà l'amour d'usage & d'apréfent,
& où les conduit une vie frivole &
dissipée.

Il est une autre sorte de femmes
galantes,

galantes, qui fe livrent au plaifir d'aimer, & qui ont fçû conferver des principes & de l'honneur ; qui n'ont jamais rien pris fur les bien-féances, qui fe refpectent ; mais que la violence de la paffion entraine. Il y en a qui ne fe prêtent pas à leurs foibleffes, & qui y réfiftent ; mais enfin l'amour eft le plus fort. J'ai connu une femme de beaucoup d'efprit, à qui je faifois quelquefois de petits reproches, par l'intereft que j'y prenois : N'avez vous jamais fenti, me difoit-elle, la force de ce Dieu ? Je me fens liée, garotée, entrainée ; ce font les fautes de l'amour, ce ne font plus les miennes. Montagne nous peint ces difpofitions, quand il étoit touché : c'eft un Philofophe qui parle. *Je me fentois*, dit-il, *enlevé tout vivant & tout voyant ; je voyois ma raifon & ma confcience fe retirer, fe met-*

tre

tre à part ; & le feu de mon imagination me transportoit hors de moi-même. J'ai toûjours cru qu'il n'y avoit point d'honnête personne, qui ne doive craindre un amant aimable, & constant.

Il y a des femmes qui ont une autre sorte d'attachement ; on ne peut pas les dire galantes, cependant elles tiennent à l'amour par les sentimens : elles sont sensibles, tendres, & elles reçoivent l'impression des passions ; mais comme elles respectent les vertus de leur sexe, elles rejettent les engagemens considerables, la nature les à faites pour aimer ; les principes arrêtent les mouvemens de la nature. Mais comme l'usage n'a de droit que sur la conduite, & qu'il ne peut rien sur le cœur, plus leurs sentimens sont retenus, plus ils sont forts. Ceux des femmes galantes

ne

ne font ni vifs ni durables ; ils s'u-
fent comme ceux des hommes en
les exerçant : on trouve bien-tôt la
fin d'un fentiment, dès qu'on fe
permet tout ; l'habitude aux plaifirs le fait difparoitre ; les plaifirs
des fens prennent toûjours fur la
fenfibilité du cœur, & ce que vous
vous en retranchez, retourne au
profit de la tendreffe. Mais fi vous
voulez trouver une imagination
ardente, une ame profondément
occupée, un cœur fenfible & bien
touché, cherchez-le, chez les femmes, du caractere dont je parle. Si
vous ne trouvez de bonheur, de
repos, que dans cet union de cœur,
fi vous êtes fenfible au plaifir, d'être
ardemment aimé, & que vous vou-
liez jouir de toutes les délicateffes
de l'amour, de fes impatiences, &
de fes mouvemens fi purs & fi
doux, cela ne fe trouve que chez
les

les perſonnes retenues, & qui ſe reſpeſtent. De plus, ne ſentez vous pas le beſoin d'eſtimer ce que vous aimez? Quelle paix cela ne met-il pas dans un commerce, dès qu'on a ſçû vous perſuader qu'on vous aime, & que vous voyez que c'eſt à la vertu ſeule qu'on ſacrifie les déſirs de ſon cœur? Cela n'aſſûre-t'il pas la confiance ſur tout le reſte? *Les refus de chaſteté*, dit Montagne, *ne déplaiſent jamais.*

Les hommes ne connoiſſent pas leurs intereſts, quand ils cherchent à gâter l'eſprit & le cœur des perſonnes qu'ils aiment. Il y a un plaiſir plus touchant & plus durable que la liaiſon des ſens; c'eſt l'union des cœurs; c'eſt ce panchant ſecret qui vous porte vers ce que vous aimez, cet épanchement de l'ame, cette ſûreté qu'il y a une perſonne au monde, qui ne vit que pour

vous

vous, & qui feroit tout pour vous
fauver un chagrin : Car l'amour,
dit Platon, eft entrepreneur de
grandes chofes ; il vous conduit
dans le chemin de la vertu, & ne
vous fouffrira aucunes foibleffes :
Voilà la marque du véritable
amour. A Lacedemone, quand un
homme avoit manqué, ce n'étoit
pas lui qu'on puniffoit, mais la
perfonne qui l'aimoit ; on la croioit
coupable des fautes de la perfonne
aimée ; ils favoient que l'amour
dont je parle, eft l'aide le plus sûr
de la vertu ; tous les exemples le
confirment : Combien d'amans ont
demandé à combattre devant leurs
maîtreffes, & ont fait des chofes
incroyables ? Voilà les motifs, par
lefquels les honnêtes perfonnes fe
permettent d'aimer ; elles favent
que fe liant à un homme de mérite, elles feront foûtenues & con-
duites.

duites dans le chemin de la vertu, par des principes & par des préceptes. Les femmes entr'elles ne peuvent jouir du doux plaisir de l'amitié ; ce sont les besoins qui les unissent, & non point les sentimens, la plus part ne la connoissent pas, & n'en sont pas dignes.

Il y a un goût dans la parfaite amitié, où ne peuvent atteindre les caracteres médiocres. Les femmes ne peuvent s'unir que par le cœur : que faire de ce fond de sentiment & de ce besoin qu'on a d'aimer, & d'être aimé ? Les hommes en profitent : Rien n'est si précieux ni si désirable que cette sorte d'amour. Quand vous y avez associé la vertu, il met de la décence dans les pensées, dans la conduite & dans les sentimens. Le Tasse nous donne un modele de délicatesse en la personne d'Olinde : Il dit que

cet

cet amant desire beaucoup, espere
peu, & ne demande rien: cet amour
pur se suffit à lui-même ; il est sa
propre récompense. La plûpart des
hommes n'aiment que d'une maniere vulgaire ; ils n'ont qu'un objet ;
ils se proposent un terme dans l'a-
mour, où ils esperent d'arriver après
bien des misteres : Ils ne se reposent
que dans les plaisirs. Je suis toujours
surprise qu'on ne veuille pas rafiner
sur le plus délicieux sentiment que
nous ayons. Ce qui s'appelle le terme de l'amour est peu de chose
pour un cœur tendre ; il y a une am-
bition plus élevée à avoir ; c'est de
porter nos sentimens à ceux de la
personne aimée, au dernier degré
de delicatesse, & de les rendre tous
les jours, plus tendres, plus vifs &
plus occupans. De la maniere dont
on se conduit, l'amour meurt avec
les désirs, & s'éteint, quand il n'y a

D   plus

plus d'esperance ; ce qu'il y a de plus touchant est ignoré. Les passions délicates s'accroissent & s'augmentent toujours ; la tendresse ordinaire s'affoiblit & s'éteint : Il n'y a rien de borné dans l'amour, que pour les ames bornées : Mais peu d'hommes ont l'idée de ces engagemens, & peu de femmes en sont dignes.

L'amour agit selon les dispositions qu'il trouve ; il prend le caractere des personnes qu'il occupe. Pour les cœurs qui sont sensibles à la gloire & aux plaisirs, comme ce sont deux sentimens qui se combattent, l'amour les accorde ; il prépare, il épure les plaisirs, pour les faire recevoir aux ames fieres ; & il leur donne pour objet la délicatesse du cœur & des sentimens : Il a l'art de les élever & de les annoblir ; il inspire une hauteur dans l'esprit

prit, qui les fauve des abaiſſemens de la volupté ; il les juſtifie par l'exemple, il les déifie par la poeſie ; enfin il fait ſi bien que nous le jugeons digne d'eſtime, ou tout au moins d'excuſe. Ces caracteres fiers coûtent plus à l'amour pour les aſſujettir : Les perſonnes qui ont de la gloire dans le cœur ſouffrent dans les engagemens. Il y a une image de ſervitude attachée à l'amour ; la tendreſſe prend ſur la gloire des femmes. Pour celles qui ont été bien élevées, & à qui on a inſpiré des principes, les préjugés ſe ſont profondément gravez ; quand il faut déplacer de pareilles idées, ce n'eſt pas le travail d'un jour : rarement ſont-elles heureuſes ; entrainées par le cœur, déchirées par la gloire, l'un de ces ſentimens ne ſubſiſte qu'aux dépens de l'autre : Cela prend toujours ſur elles, & ce ſont

 ordinai-

ordinairement les plus aimables conquêtes. Vous fentez l'effort & la réfiftance que le devoir oppofe à leur tendreffe. Un amant jouit du plaifir fecret de fentir tout fon pouvoir ; la conquête eft plus grande & plus pleine ; elles ont plus à perdre ; vous leur coutez davantage : Il y a toujours une forte de cruauté dans l'amour ; les plaifirs de l'amant ne fe prennent que fur les douleurs de l'amante ; l'amour fe nourrit de larmes.

Ce qui rend ces caracteres plus aimables, c'eft qu'il y a plus de fûreté : Quand une fois elles fe font engagées, c'eft pour la vie, à moins que les mauvais procedés ne les dégagent. Elles fe font un devoir de leur amour ; elles fe refpectent ; elles font fidélles & délicates ; elles ne manquent à rien : Le fentiment de gloire qui les ocupe, tourne au profit

fit de l'amour, puifqu'elles en font plus tendres, plus vives & plus apli-quées. Une amante aimable, & qui a de la gloire dans le cœur, ne fonge qu'à fe faire eftimer, & l'amour la perfectionne.

Il faut convenir que les femmes font plus délicates en fait d'attache-ment : il n'appartient qu'à elles de faire fentir par un feul mot, par un feul regard, tout un fentiment.

Les inconveniens des caracteres fiers, font d'être abfolus, & aifés à bleffer : Comme les femmes de ce genre fentent leur prix, elles exi-gent davantage. Les caracteres fen-fibles & mélancoliques trouvent des charmes & des agrémens infi-nis dans l'amour, & en font fentir. Il y a des plaifirs à part pour les ames tendres & délicates : Ceux qui ont vécû de la vie de l'amour, favent combien leur vie étoit animée ; &

quand

quand il vient à leur manquer, ils
ne vivent plus : Il fait tous les biens
& tous les maux; il perfectionne les
ames bien-nées ; car l'amour dont je
parle, est un censeur severe & délicat, qui ne pardonne rien. Les caracteres mélancoliques y sont plus
propres : Qui dit amoureux, dit
triste ; mais il n'appartient qu'à
l'amour de donner des tristesses,
dont on le remercie. Les personnes
mélancoliques ne font occupées
que d'un sentiment ; elles ne vivent que pour ce qu'elles aiment;
désoccupées de tout , aimer est
l'emploi de tout leur loisir : A t'on
trop de toutes les heures, pour les
donner à ce qu'on aime. Oposez à
ce caractere, pour en reconnoître
le prix, celui qui lui est contraire :
Voyez les femmes du monde, qui
font livrées au jeu, au plaisir & aux
spectacles ; que ne leur faut-il pas
pour

pour l'emploi du tems ? Elles favent bien trouver la fin de la journée, fans ce qu'elles aiment ; n'eft-ce pas autant de prix fur le gout principal ? Nous n'avons qu'une portion d'attention & de fentiment ; dès que nous nous livrons aux objets exterieurs, le fentiment dominant s'affoiblit : Nos fentimens ne font-ils pas bien plus vifs & plus forts dans la retraitte ? Il y a des plaifirs qui ne font faits que pour des gens délicats & attentifs. L'amour eft un Dieu jaloux, qui ne fouffre aucune rivalité.

La plûpart des femmes prennent l'amour, comme un amufement ; elles s'y prêtent, & ne s'y donnent pas : Elles y affocient tous les autres plaifirs ; elles ne connoiffent point ces fentimens profonds, qui occupent l'ame d'une tendre amante : Mademoifelle de Scudery dit, que la mefure du mérite fe tire de

l'étendue

l'étendue & de la capacité qu'on a d'aimer: Avec une pareille regle, le mérite des femmes d'à présent sera leger.

Enfin celles qui sont destinées à vivre d'une vie de sentiment, ne peuvent être soûtenues que par l'amour ; les sentimens sont plus nécessaires à la vie de l'esprit, que les alimens ne le sont à celle du corps ; mais notre amour ne sauroit être heureux, qu'il ne soit reglé. Quand il ne nous coute ni vertu ni bienséances, nous jouissons d'un bonheur sans interception ; nos sentimens sont profonds, nos joyes sont pures, nos esperances sont flateuses & apparentes ; l'imagination est agréablement remplie, l'esprit vivement occupé & le cœur touché. Il y a dans cette sorte d'amour, des plaisirs sans douleur, & une espece d'immensité de bonheur, qui

annéanti

anéanti tous les malheurs, & les fait
difparoître : L'amour eft à l'ame,
ce que la lumiere eft aux yeux ; il
écarte les ténebres. Mademoifelle
de Longueville, difoit, que les
beaux jours que donne le Soleil,
n'étoient que pour le peuple ; que
la préfence de ce qu'elle aimoit faifoit fes beaux jours. Ceux qui font
deftinez à une vie fi heureufe, font
dans le monde, comme fi ils n'y
étoient pas, & ne s'y prêtent que
pour des inftants ; rien ne les inté-
reffe, que ce qu'ils fentent ; rien ne
les peut remplir, que l'amour ; rien
de fi vifs & de fi lumineux que l'efprit qu'il donne : Il eft la fource des
agrémens ; rien ne peut plaire à
l'efprit, qu'il n'ait paffé par le cœur.

La difference de l'amour aux autres plaifirs, eft aifée à faire à ceux
qui en ont été touchez : La plûpart
des plaifirs ont befoin, pour être
fentis,

fentis , de la préfence de l'objet ;
comme la mufique, la bonne che-
re , les fpectacles ; il faut que ces
plaifirs foient préfens pour faire
leur impreffion , rapeller l'ame à
eux & la tenir attentive : nous avons
en nous une difpofition à les goû-
ter , mais ils font hors de nous , ils
viennent du dehors : Il n'eft pas de
même de l'amour ; il eft chez nous,
il eft une portion de nous-même ;
il ne tient pas feulement à l'objet ,
nous en jouiffons fans lui. Cette
joye de l'ame , que donne la certi-
tude d'être aimé , ces fentimens
tendres & profonds, cette émotion
de cœur vive & touchante , que
vous donne l'idée & le nom de la
perfonne que vous aimez ; tous
ces plaifirs-là font en nous, & tiennent , quand votre cœur eft bien
touché , & que vous êtes fûr d'être
aimé , tous vos plus grands plaifirs

font

font dans votre amour ; vous pouvez donc être heureux, par votre
fentiment, & affocier enfemble le
bonheur & l'innocence.

On me dira, voilà un terrible
écart : j'en conviens ; ne puis je
pas le juftifier ? un Ancien difoit,
que les penfées étoient la prome-
nade de l'efprit ; j'ai cru avoir le
privilege de me promener dans le
payis immenfe des idées. Elles fe
font offertes affez naturellement à
mon efprit, & de proche en proche
elles m'ont mené plus loin, que je
ne devois, ni ne voulois. Voici le
chemin qu'elles m'ont fait faire.
J'ai été bleffée que les hommes con-
nûffent fi peu leur intereft, que de
condamner les femmes, qui favent
occuper leur efprit ; les inconveniens d'une vie frivole & diffipée,
les dangers d'un cœur qui n'eft foû-
tenu d'aucun principe, fe font of-

ferts

ferts à moi. J'ai examiné, si on ne pouvoit pas tirer un meilleur parti des femmes. J'ai trouvez des Auteurs respectables , qui ont cru qu'elles avoient en elles des qualitez , qui les pouvoient conduire à de grandes choses, comme l'imagination , la sensibilité , le goût : ce sont des présens , que la nature leur a faits. J'ai fait des poses sur chacunes de ces qualitez. Comme la sensibilité les dominent & qu'elle les porte naturellement à l'amour, en passant par son Temple, il a bien fallu lui payer tribut , & jetter quelques fleurs sur son Autel. J'ai cherché, si l'on ne pouvoit point se sauver des inconveniens de l'amour, en séparant les vices des plaisirs, & jouir de ce qu'il a de meilleur. J'ai donc imaginé une Metaphisique d'Amour ; la pratiquera qui le pourra.

Voilà

Voilà l'histoire de mes idées ;
si vous voulez même, de mes égaremens, je serois bienheureuse, si
ayant les deffauts qu'on reproche
à Montagne, je pouvois, comme
lui conduire les perfonnes qui li-
ront ce petit écrit, dans le payis de
la raifon & du bons fens, quelques-
fois même dans celui des fleurs &
des Zephirs.

FIN.